Mimí's Parranda
La parranda de Mimí

By/por Lydia M. Gil

Illustrations by/Ilustraciones de Hernán Sosa

PIÑATA BOOKS

Piñata Books
Arte Público Press
Houston, Texas

Publication of *Mimí's Parranda* is funded in part by grants from the City of Houston through the Cultural Arts Council of Houston / Harris County, the Clayton Fund, and by the Exemplar Program, a program of Americans for the Arts in collaboration with the LarsonAllen Public Services Group, funded by the Ford Foundation. We are grateful for their support.

La publicación de *La parranda de Mimí* ha sido subvencionada en parte por la ciudad de Houston por medio del Concilio de Artes Culturales de Houston / Condado de Harris, el Fondo Clayton y por el Exemplar Program, un programa de Americans for the Arts en colaboración con el LarsonAllen Public Services Group, fundado por la Fundación Ford. Agradecemos su apoyo.

Piñata Books are full of surprises!
¡Los Piñata Books están llenos de sorpresas!

Piñata Books
An Imprint of Arte Público Press
University of Houston
452 Cullen Performance Hall
Houston, Texas 77204-2004

Gil, L. M. (Lydia M.), 1970-
  Mimí's Parranda / by Lydia M. Gil; illustrations by Hernán Sosa = *La parranda de Mimí* / por Lydia M. Gil; ilustraciones por Hernán Sosa.
    p.   cm.
  ISBN-10: 1-55885-477-0 (alk. paper)
  ISBN-13: 978-1-55885-477-2 (alk. paper)
  I. Title: Mimí's Parranda. II. Sosa, Hernán, 1977-. III. Title.
PZ73.G483   2006   2006041699
                                                                                                          CIP

∞ The paper used in this publication meets the requirements of the American National Standard for Permanence of Paper for Printed Library Materials Z39.48-1984.

6 7 8 9 0 1 2 3 4 5   0 9 8 7 6 5 4 3 2 1

Mimí vivía en una casona de piedra con sus papás y su hermanita, Tita. Todos los años, cuando empezaba a hacer frío y la gente decoraba sus casas con guirnaldas y lucecitas, Mimí sabía que era hora de sacar su traje de baño y su sombrero de playa. Mimí y sus padres siempre pasaban las navidades en Puerto Rico, junto a sus primos, tíos y abuelos.

Esa mañana, mientras Mimí caminaba a la escuela vio que los árboles del parque se estaban quedando sin hojas y sonrió. Al pasar frente la bodega, sintió un fuerte olor a canela. Ese olor salía de la sidra caliente que la gente toma despacito en diciembre. La sonrisa de Mimí se hizo aún más grande cuando al pasar por la iglesia oyó que cantaban aguinaldos de navidad.

—¡Ahora sí! —dijo—. ¡Ahora sí falta poco!

Mimí lived in an old stone house with her parents and baby sister Tita. Every year, when the weather turned cold and people decorated their homes with garlands and lights, Mimí knew that it was time to get her bathing suit and beach hat out. Mimí and her parents always spent Christmas in Puerto Rico with her cousins, aunts and uncles, and grandparents.

That morning, on her way to school, Mimí noticed that the trees in the park were shedding their leaves, and she smiled. As she walked past the corner store, she smelled the strong scent of cinnamon. That scent came from the hot cider people sip slowly in December. Mimí's smile grew even bigger when she passed by the church and heard Christmas carols.

"Oh yes!" she said. "It's almost here!"

En la escuela todos hablaban de los regalos de Navidad.

—Yo voy a pedir un abrigo nuevo —dijo Suzie—. Con suerte, ¡me traerán un trineo nuevo también!

—A mí me van a traer unas botas y un par de patines de hielo —dijo Mónica.

—Yo voy a pedir un sombrero de paja, unas sandalias nuevas y un traje de baño con lunares de colores —dijo Mimí—. Quizás una pelota de playa también . . .

Suzie y Mónica se miraron y se echaron a reír.

—Y, exactamente, ¿qué vas a hacer con un traje de baño en la nieve? —preguntó Suzie.

—¡Es para la playa! Yo siempre voy a Puerto Rico para Navidad —contestó Mimí.

In school everyone was talking about Christmas presents.

"I'm going to ask for a new coat," Suzie said. "If I'm lucky, I'll get a sled too!"

"I'm getting boots and a pair of ice skates," Mónica said.

"I'm going to ask for a straw hat, new sandals, and a polka-dot bathing suit," Mimí said. "Maybe even a beach ball . . . "

Suzie and Mónica looked at each other and started to laugh.

"What on earth are you going to do with a bathing suit in the snow?" Suzie asked.

"It's for the beach! I always go to Puerto Rico for Christmas," Mimí replied.

—Es como si el verano viniera dos veces —dijo—. ¡Las playas son tan hermosas! El agua está tibiecita . . .

Mimí cerró los ojos como si ya estuviera en Puerto Rico.

—¡Tía Cuca hace los mejores pasteles del mundo! ¡Ay, no puedo esperar a que nos vayamos la semana que viene! —dijo Mimí.

—Pero, Mimí —dijo Mónica—, ¡te vas a perder nuestra fiesta de Navidad!

—No importa —dijo Mimí—. Me voy a llenar la barriga de pan con chicharrones —exclamó mientras inflaba la panza como si fuera una pelota de baloncesto—. Voy a construir un gran castillo de arena con foso y todo —añadió—. ¡Y lo mejor de todo es que me van a llevar una parranda!

"It's like having two summers," she said. "The beaches are so beautiful! The water is warm too . . . "

Mimí closed her eyes as if she were already in Puerto Rico.

"Tía Cuca makes the best *pasteles* in the world! Oh, I can't wait until we leave next week!"

"But Mimí," Mónica said, "you're going to miss our Christmas party!"

"It doesn't matter," Mimí said. "I'm going to fill up my belly with bread and *chicharrones*," she said, inflating her stomach as if it were a basketball. "I'm going to build a huge sandcastle with a moat and everything," she added. "And best of all, I'm going to get a *parranda*!"

—Una pa . . . ¿qué? —preguntaron Mónica y Suzie al mismo tiempo.

—Una parranda, —repitió Mimí—. Es como . . . como cantar aguinaldos de Navidad de casa en casa, pero mucho más divertido. Primero tienes que esperar a que todo el mundo esté durmiendo. Después reúnes a un grupo de amigos y cada uno lleva un instrumento para tocar . . .

—Yo no sé tocar ningún instrumento —interrumpió Suzie.

—Supongo que puedes aplaudir —dijo Mónica.

—No, ¡*tienes* que tocar un instrumento! —Mimí se razcó la cabeza pensando cómo explicarles.

"A pah-what?" Mónica and Suzie asked at the same time.

"A *parranda*," Mimí repeated. "It's like . . . it's like caroling, but a lot more fun! First you have to wait until everyone is asleep. Then you get a group of friends together and everyone takes an instrument to play . . . "

"I don't play any instruments," Suzie interrupted.

"You can always clap," Mónica said.

"No, you *have* to play an instrument!" Mimí scratched her head thinking how to explain it to them.

—Todo el mundo puede tocar un instrumento. ¡Una de ustedes puede tocar las maracas y la otra el güiro! —dijo Mimí.

Mónica y Suzie se miraron y de nuevo se echaron a reír. Mimí sintió que muy dentro le crecía una semillita de frustración.

—Y, ¿ahora qué? —preguntó.

—No entendemos nada de lo que dices —dijo Mónica riéndose.

Mimí respiró profundamente y explicó.

"Anyone can play an instrument. One of you can play the maracas and the other can play the *güiro*!" Mimí said.

Mónica and Suzie looked at each other and started to laugh again. Mimí felt a tiny seed of frustration growing deep inside of her.

"What is it now?" she asked.

"We can't understand a word you're saying," Mónica said, giggling.

Mimí took a deep breath and explained.

—Las maracas son cascabeles de madera bien grandes llenos de . . . —No estaba segura de qué estaban llenas—. De algo que hace ruido.

—¿De serpientes de cascabel? —preguntó Suzie y volvió a reírse con Mónica.

—¡No! Es como arroz —dijo Mimí—, o frijoles.

—¿Arroz y frijoles dentro de un cascabel de madera? —dijo Mónica. Antes de que Mimí pudiera responder, Suzie y Mónica se tiraron al suelo riendo histéricamente.

—Ustedes no saben nada de nada —Mimí exclamó y salió del salón.

Mimí se contentó pensando en todo lo que iba a empacar para su viaje: pantalones cortos, camisetas de playa, su balde de colores . . . La maleta iba a estar tan llena que seguramente tendría que sentarse sobre ella para poder cerrarla.

"Maracas are big wooden rattles filled with . . . " She wasn't quite sure what they were filled with. "Something that rattles."

"With rattlesnakes?" Suzie asked, and she and Mónica burst into laughter again.

"No! It's something like rice," Mimí said, "or beans."

"Rice and beans inside a wooden rattle?" Mónica asked. Before Mimí could say anything, Suzie and Mónica fell to the floor laughing hysterically.

"You girls don't know anything about anything," Mimí said and left the room.

Mimí cheered herself up by thinking about all the things she was going to pack for her trip: shorts, T-shirts, her rainbow-colored bucket . . . her suitcase was going to be so full that surely she would have to sit on top of it to close it.

Al llegar a casa, Mimí fue directamente al ropero para sacar la maleta.

—¿Qué estás haciendo, Mimí? —le preguntó Mamá.

—Voy a empacar mis cosas para Puerto Rico —dijo Mimí con una gran sonrisa.

—Pero, mi cielo, ya sabes que con Tita tan pequeñita no podremos viajar este año —dijo Mamá.

—¿Qué? —dijo Mimí, sin creer lo que escuchó—, pero ¿por qué no me lo dijeron antes?

—No te preocupes, Mimita, ya iremos el año que viene —dijo Mamá—. Para entonces Tita estará más grande y podrán jugar juntas en la playa.

Mimí se puso tan triste que se fue a dormir sin probar la cena.

When she got home, Mimí went directly to the closet to get her suitcase.

"What are you doing, Mimí?" Mamá asked.

"I'm going to pack my things for Puerto Rico," Mimí said with a big smile.

"But, sweetheart, you know that with Tita being so little we won't be able to go this year," Mamá said.

"What?" Mimí said unable to believe what she heard. "How come nobody told me before?"

"Don't worry, Mimita. We'll go next year," Mamá said. "By then Tita will be older and the two of you will be able to play together at the beach."

Mimí was so sad that she went to bed without eating dinner.

Mimí soñó con güiros, maracas, tambores, palitos y panderetas toda la noche. Veía a sus primos cantando y bailando al compás de la música. Sobre una mesa voladora descansaban bandejas repletas de arroz, lechón asado, pasteles y copas de cristal llenas de arroz con leche adornadas con un palito de canela.

Mimí dreamed of *güiros*, maracas, drums, *palitos*, and tambourines all night long. She saw her cousins singing and dancing to the beat of the music. A flying table held trays brimming with rice, roasted pork, *pasteles,* and glasses filled with *arroz con leche,* decorated with a small cinnamon stick.

La última semana de clases le pareció interminable a Mimí. Sus amigas estaban tan ocupadas con los planes para la fiesta de Navidad que no se dieron cuenta de su tristeza. Como pensaban que Mimí estaría de viaje, tampoco ofrecieron incluirla en los preparativos. Mimí pasó toda la semana almorzando en un rincón lejos de las risas, canciones y rimas navideñas de sus compañeras.

The last week of classes seemed to last forever for Mimí. Her girlfriends were so busy planning the Christmas party that they did not notice her sadness. Since they thought that Mimí would be away, they did not bother to include her in the preparations. So Mimí spent the rest of the week having lunch by herself in a corner of the cafeteria, far from her classmates' laughter, songs, and Christmas poems.

El día de la fiesta, Mamá le preguntó si quería preparar algún plato especial para llevar a la celebración de la escuela.

—No voy a ir a la escuela, Mamá —respondió Mimí.

—Pero, Mimita, ¿qué vas a hacer aquí todo el día?

—Ver la tele —dijo— supongo que dormiré un poco.

Por la tarde Mimí se fue a acostar a su recámara. Pensó en la fiesta, en los regalos del amigo secreto y en los hombrecitos de jengibre que siempre decoraban la mesa. Allí estarían todos sus compañeros y los maestros cantando aguinaldos alrededor de un enorme árbol de Navidad.

Ya no quería soñar con parrandas ni mesas voladoras. Sólo quería dormir en paz.

On the day of the party, Mamá asked Mimí if she wanted to prepare a special dish to take to the school celebration.

"I'm not going to school, Mamá," Mimí replied.

"But, Mimita, what are you going to do all day?"

"Watch TV," she said, "I guess I'll sleep a little."

In the afternoon, Mimí went to her bedroom to take a nap. She thought about the party, the Secret Santa presents, and the little gingerbread men that always decorated the table. All her classmates and teachers would be there singing carols around a huge Christmas tree.

She did not want to dream of *parrandas* or flying tables anymore. She just wanted to sleep in peace.

Justo cuando empezaba a quedarse dormida, Mimí oyó ruidos afuera de su cuarto. Abrió los ojos y prestó atención, pero no volvió a escuchar nada más. Cerró los ojos de nuevo, y cuando ya casi estaba dormida, ¡oyó el sonido inconfundible de güiros, maracas, tambores, palitos y panderetas!

Just as she was starting to fall asleep, Mimí heard noises outside her room. She opened her eyes, but she did not hear anything else. She closed her eyes once again, and when she was about to fall asleep, she heard the unmistakable sound of *güiros*, maracas, drums, *palitos*, and tambourines!

Se levantó y salió como un relámpago para la sala donde ¡encontró a todos sus compañeros tocando instrumentos y cantando! Sobre la mesa había bandejas de comida y copitas desbordándose de arroz con leche. ¡Era la parranda de Mimí!

She got up and shot like a lightning bolt into the living room, where she found all her friends playing instruments and singing! There were trays of food on the table and little goblets brimming over with *arroz con leche*. It was Mimí's *parranda*!

Mimí estaba tan feliz que la sonrisa parecía salírsele por las orejas. Mónica tocaba palitos y Suzie el güiro. Mimí no lo podía creer.

—¿Cómo . . . ? —empezó a preguntar.

—Mónica se dio cuenta de que algo te pasaba porque no volviste a hablar de tu viaje —dijo Suzie.

—Y te pasaste la semana en un rincón de la cafetería —dijo Mónica.

—Así que le preguntamos a tu mamá, y cuando nos dijo que estabas triste porque no ibas a Puerto Rico, decidimos convertir nuestra fiesta en una parranda para ti —dijo Suzie.

Mimí was so happy that her smile seemed to spill over her ears. Mónica was playing the *palitos* and Suzie the *güiro*. Mimí could not believe it.

"How . . . ?" she started to ask.

"Mónica knew something was bothering you because you stopped talking about your trip," Suzie said.

"And you spent the whole week by yourself in a corner of the cafeteria," Mónica said.

"So we asked your mom what was going on, and when she said you were upset because you weren't going to Puerto Rico, we decided to turn our party into a *parranda* for you," Suzie said.

—¿Y los instrumentos? —preguntó Mimí.

— ¡Fácil! —dijeron las dos.

— Mi hermano nos ayudó a cortar el palo de una escoba, de ahí sacamos los palitos —dijo Mónica.

—Mi mamá me dio este rallador y un tenedor para hacer el güiro —dijo Suzie.

—Y la señora O'Connor le pidió tambores y panderetas a la banda de la escuela —añadió una compañera.

—¡Ésta es la mejor parranda que he recibido! —dijo Mimí abrazando a sus compañeras y sonriendo de oreja a oreja.

"What about the instruments?" Mimí asked.

"Easy!" they both said.

"My brother helped us cut a broomstick, that's how we got the *palitos*," Mónica said.

"My mom gave me this grater and a fork to make a *güiro*," Suzie said.

"And Mrs. O'Connor borrowed drums and tambourines from the school band," a classmate said.

"This is the best *parranda* ever!" Mimí said, hugging her classmates and smiling from ear to ear.

Lydia M. Gil es una escritora y crítica de Puerto Rico. Desde hace casi dos décadas ha vivido en Estados Unidos, pero visita la isla cada vez que tiene la oportunidad. Ella recuerda cómo se sentía de niña al irse a la cama esperando con ansias —y esperanza— que la despertara una parranda. Para ella, ésa era la expresión más tangible del espíritu navideño en una isla sin nieve ni renos.

Lydia M. Gil is a writer and critic from Puerto Rico. She has lived in the United States for almost two decades, but visits the island whenever she gets a chance. She remembers going to bed as a child with the eager anticipation—and hope— of being awakened by a *parranda*. To her, it was the most tangible expression of the holiday spirit in an island without snow and reindeer.

Hernán Sosa nació en Samuhú, Argentina, donde pasó parte de su niñez. Se mudó con su familia a Asunción, Paraguay, a los nueve años, y allí terminó su escuela. Le gusta pensar de sí como "argentiguayo". Se graduó en 1998 de Colorado Institute of Art con el reconocimiento de "Best Illustration Portfolio". *Mimí's Parranda / La parranda de Mimí* es el segundo libro para niños que ha ilustrado. Él y su esposa viven en Colorado después de haber viajado y vivido en distintos países en Latinoamérica.

Hernán Sosa was born in Samuhú, Argentina, where he spent his childhood. He moved with his family to Asunción, Paraguay at the age of nine, where he finished his schooling. He likes to think of himself as "Argentiguayan." He graduated in 1998 from the Colorado Institute of Art, receiving the "Best Illustration Portfolio" award. *Mimí's Parranda / La parranda de Mimí* is the second picture book that he has illustrated. He and his wife live in Colorado after having traveled and lived in different countries in Latin America.